TO. _____

# 딴짓하기
## 좋은 날

# 딴짓하기 좋은 날

스기우라 사야카 **지음**

haru

# 딴짓의 즐거움

가게 앞 카페에서 미팅을 마치고 돌아가는 길.

아아, 날씨 좋다!

이런 날은 일할 기분이 안 듭니다.

느릿느릿한 속도로 오후의 상점가를 걸어봅니다.

서점에서 마음에 드는 잡지 읽기.

코너의 소시지 가게에서

아침용으로 맛있는 햄 사기.

너무나 좋아하는 구제 가게에도 들러서

리본이 달린 밀짚모자를 삽니다.

꽃집 앞을 지나다 보면

수초가 떠 있는 화분이 시원하게 늘어서 있습니다.

하나 정도 사볼까.

이런 식으로 잔뜩 딴짓을 하고 돌아오는 날은

흔하지 않습니다.

목적지에서 목적지까지
부랴부랴 일을 해야 하는 매일.
특별한 외출을 하면 무엇보다
일상 속의 딴짓을 할 때 가장 사치스런 기분이 듭니다.

이런 바쁜 날들이 딴짓을 먹어 삼킬것 같지만
전혀 그렇지 않습니다.
외출의 유혹, 이미 끝난 전람회,
친구와 먹는 밥.
일 미팅 후에 사무실 냉장고에서 꺼낸
캔 맥주 한 병 분의 잡담.

곧바로 돌아와 일을 해야 할 때는
'즐거움도 없는 게 무슨 인생?'

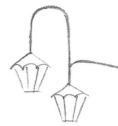

이라며 허풍스럽게 자문자답하며
어느덧 여기저기 관심을 가집니다.
비록 나중에는 마감 지옥의
아픔을 겪더라도.
본문 속에서도 몇 번이나 바쁨을 한탄하고 있지만
모든 것은 이 딴짓 때문.
그러나 목적지로 곧장 가는 것 말고 '돌아가는 길'이야 말로

마음에 가장 큰 영양이 된다고 생각합니다.
즐거움도 괴로움도
모두 합쳐서.

그런 딴짓 속에서 발견한 작은 일들을
느긋하게 그리고 있습니다.

# 차 례

## SUMMER & AUTUMN

## WINTER & SPRING

## SUMMER & AUTUMN

## WINTER & SPRING

## SUMMER & AUTUMN

## {SUMMER & AUTUMN}

# 귀여운 아저씨

'미스매치의
미묘한 멋'
이네요…

아마도 나는 갭에 약한 것 같아요. 남녀 상관없이 사랑스러운 갭을 발견하면 그것만으로도 좋아지고 맙니다. 예를 들면 아저씨와 '귀여움'의 조합. 물론 일부러 '귀여움'을 노리는 건 안 돼요. 자신의 의지와는 별개로 우연히 귀여워지는 것이 좋습니다. 이전에 선반 문이 갈라져서 유리 가게 아저씨를 불렀는데 성실하고 정직해 보이는 60대 후반의 장인이 오셨습니다. 그 아저씨가 자와 도구를 담아온 가방이 교토의 '이치자와 한푸*.' 와와 아저씨가 이렇게 귀여웠던가. '멋진 가방이에요'라고 말을 거니 수줍어하면서도 매우 기쁜 얼굴로 '아들이 선물로 준 거예요'라고 알려줍니다. 그게 너무 귀여워 참을 수 없었어요.

• 12

Irma

* 덴마크의 슈퍼마켓
'이야마'의 캐릭터
잡화를 좋아하는
사람에게 인기

**이치자와 한푸**  교토의 300년이 넘은 포목상에서 만드는 장인의 명품 가방

이벤트에서 만난
어느 뮤지션(40대)

장인 아저씨(60대)

언뜻 무서워 보여도
＊ 어깨에는 이야마짱의 토트백!

여자 아이가
칭찬해 줬어…

마침 집에
있었던 것
같다.

갭모에 ♥

S사의 스기우라 담당인
편집자(40대)

사인회에서
앞치마를 입어달라고 부탁하자
아들과 함께 '호빵맨 앞치마!'
평소에는 평범한 것을 입어요.

# 목각 인형의 고향에서

매년 9월 초 미야기 현 나루코 온천에서는 '전국 목각 인형 축제'가 열립니다. 나의 책《주말 재팬 투어》에서 그림을 그린 인연으로 올해 축제를 위해 '목각 인형 지도'를 만들었습니다. 나루코 온천 주변의 목각 인형 공방 25곳을 돌며 세공인들을 취재했습니다. 앞에서 귀여운 아저씨에 대해서 그렸는데, 나의 이상적인 아저씨 상이 여기 나루코에 있었습니다! 다양한 타입의 세공인들을 만나서 정말 즐거웠습니다. 그런데 공통점이라면⋯⋯ 수줍음 많고 소극적이지만 매우 친절합니다. 웃는 얼굴이 멋져요. 가족을 중요하게 생각합니다. 무뚝뚝한 남자들이 어떻게 '귀여운' 목각 인형을 만드는가를 주제로 취재한 것도 최고였습니다. 도호쿠 지방*의 아저씨, 할아버지에게서 이상의 남성상을 본 나였습니다.

진지하게 그림을 그리는 중!
하지만 머리에는
목각 인형의 얼굴이⋯(손수건 무늬)

**도호쿠 지방** 일본 혼슈 동북부에 있는 아오모리 현, 이와테 현, 미야기 현, 아키타 현, 야마가타 현, 후쿠시마 현의 6현

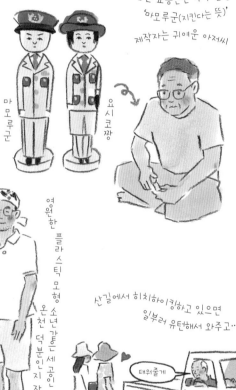

역 안내소에 자리 잡은 교통안전 목각 인형
'마모루군(지킨다는 뜻)'

제작자는 귀여운 아저씨

마모루군

요시코짱

영원한 플라스틱 모형 소녀 같은 세공인

온천 덕분인지 장밋빛 볼

문손잡이가 목각 인형!

산길에서 히치하이킹하고 있으면
일부러 유턴해서 와주고···

태워줄게

84세의 세공인

# 할머니의 그림

7. JULY

나와 어머니가 아주 좋아하는 화가 마루키 스마의 큰 전시회가
열렸습니다. 70세가 넘어 처음으로 색연필을 잡은 스마 할머니의
그림은 그저 자유롭습니다. 웃긴 표정의 고양이와 개, 동물들을
보면 저절로 미소가 번집니다. 처음에는 엄마와 '왜 이런 색을 사
용하는 걸까' 하는 대화도 나누면서 보았지만, 점점 서로 그림의
세계에 집중했습니다. 원근법과 색채, 미술의 법칙 등을 가볍게
뛰어 넘은 스마 할머니의 그림에는 '그림 그리기'라는 단순하면
서도 큰 기쁨이 넘치고 있었습니다. 다짜고짜 인생을 살아온 스
마 씨가 새삼스럽게 주변의 자연과 생물에 눈을 돌려 그 재미와
귀여움에 빠져드는 모습이 생생하게 떠오릅니다. 영혼까지 감동
받아서 모두 보고 난 후에는 녹초가 되었습니다. '아아, 나도 그림
그리는 거 너무 좋아', 다시 한 번 깨달았습니다.

도록 표지가 된
《비너》의 앞에는
엉겁결에…

《마루키 스마 화집 꽃과 인생과 생물들》
마루키 이리·마루키 도시 편저 《쇼가쿠칸》
3,800엔

아들부부인
화가 마루키 이리,
도시(도시 씨도 아주 좋아함)가
편집한 화집을 추천해요.

멫 점의 개인 소장 그림을
족자로 만들었는데
그게 아주 멋졌어요.

이 날 멋쟁이였던 엄마
모두 재활용품이었지만…
(재활용 가게 팬)

1,000엔짜리 원피스

# 쁘띠 코스프레

22. JULY

아주 좋아하는 액세서리 작가분의 전시회에~. 보통은 각각 활동하는 두 사람이 특별히 유닛 '시스터사'(시스터+회사)를 결성했습니다. 들뜬 기분으로 찾아가니 러시아풍 패션으로 치장한 두 사람이 맞아주었습니다. 우와 귀여워! 몇 번인가 이 칼럼에서도 말했지만, 저는 코스프레를 좋아합니다. '본격적'인 것 말고 가벼운 코스프레에 한해서지만요. 파티와 이벤트에서 코스프레풍으로 차려입고 특별한 멋을 내는 것이 정말 즐겁습니다. 신간 사인회가 곧 열리는데, 뭔가 좋은 코스프레 안이 없을까……. 지난번 책은 이사가 테마였으니까 '이사 패션'이었습니다. 신간은 이 연재를 정리한 책이므로 구체적인 테마를 결정하기 어려워 고민이에요.

두 사람이 머리에 달고 있는 것은
홍콩 플라워
(플라스틱으로 만든
홍콩제 조화)
저는 바구니에 달았어요.

하바롭스크 태생의 러시아 자매 같아...

rico

HANNAH

19

월등히 귀엽고 유니크한 HANNAH의 브로치

비닐 레이스
십자가를 물들인
종이도
귀여워!

로맨틱하고
소녀다운
rico의
핀 브로치

# 번화가 산책

출산을 앞둔 친구 T짱을 만나러 히키후네에 갔어요. 그녀가 사는 '비둘기 거리 상점가'는 전쟁을 전후해서 홍등가로 번성했던 지역입니다. 좁은 골목에 '카페'의 모습이 남아 있는 건물, 낡은 개인 가게가 가득 늘어서 있어 쇼와*의 향기가 짙게 떠다닙니다. T짱은 출산을 계기로 친정 근처로 이사 왔습니다. 이런 노스탤지어한 장소에서 보낸 1년간의 신혼생활…… 어쩐지 영화에 나올 것 같아. T짱을 격려하고 헤어진 후에 함께 간 친구와 전차를 타고 가까운 다테이시로 갔습니다. 옥외의 카페와 반찬 가게가 늘어서 있는 아케이드가 있어서 한 잔 마셨습니다. 그다지 배는 고프지 않았지만, 수수한 입식 초밥 가게에서 5, 6접시 먹으며 맥주를 벌컥벌컥 마셨습니다. 쇼와에 푹 빠졌던 즐거운 하루였습니다.

쿠페빵 전문점 '하토야'에서
그리운 맛을 사서
돌아오기

---

**쇼와** 일본의 연호. 쇼와 천황의 통치 시절인 1926년 12월 25일부터
1989년 1월 7일까지를 가리킨다.

옛날 분위기가 남아
운치가 물씬 풍기는
골목

1주일 후에 무사히
남자아이를 출산!

손님으로 가득 찬 가게,
어깨를 나란히 하고 초밥을 먹었다.

넙치 200엔
싸고 맛있어!

# 올해의 유카타

전전 회에서 '어떻게 하지'라고 고민한 사인회의 코스프레. 결국, 유카타*로 차분하게 진행했습니다(이게 코스프레인가?). 이 연재를 정리한 신간 '욕심껏 사는 매일' 속에 유카타 이야기가 나오니까요. 유카타는 새로 맞추지 않는 대신에 아사쿠사에 오비(유카타 띠)를 사러 갔습니다. 기분을 바꾸기 위해서 개성적이며 모던한 무늬를 생각했습니다. 처음에는 중고가게에서 찾았지만, 확실하게 마음에 드는 것이 없었습니다. 포기하려고 할 때 훌쩍 들어간 작은 포목점에서 재고지만 좋은 물건을 찾았습니다. 매년 유카타를 입은 지 4년. 처음 입었을 때는 뻣뻣해서 맵시가 살지 않았지만, 입을수록 조금씩 익숙해졌어요. 앞으로도 이 연재에서 여름을 마무리하는 단골 소재로 삼고 싶어라.

같은 아사쿠사 '후지야'에서 발견한 말 손수건으로 땀을 닦으며 사인회!!

신입 편집자 아가씨, 담당 편집자와 유타카 트리오

얼굴 작아... (14세인가!) →

한쪽만 귀걸이를 해보았습니다

안팎 양면으로 착용할 수 있는 오비 체크 쪽으로 맬 생각이었으나 조금 넣다가 급히 이쪽으로 변경

3,800엔

하와이에서 산 *라피아 주머니

핑크의 작은 새 무늬 귀여워!

*라쿠고를 즐기는 담당 편집자는 멋지게 소화 조금 '여관의 휴일' 느낌...

유카타 기모노의 일종. 평상복으로 사용하는 간편한 옷으로 목욕 후나 여름에 입는다.
라피아 마다가스카르 섬 원산의 야자과의 상록수
라쿠고 화술을 기반으로 하는 전통 예술

# 30대란

이번 호가 나올 때쯤 저는 37살이 됩니다. 37살…… 꽤 훌륭한 나이입니다. 최근 '30세부터의 사는 방법'을 테마로 인터뷰 의뢰를 받기 시작했습니다. 어제도 한 여성지의 '30세 무섭지 않아요'라는 느낌의 인터뷰를 했습니다. 그래그래, 저도 30대가 되는 것은 심적으로 무서웠습니다. '30대가 되면 편해진다'는 말을 자주 들었지만, 저는 편하지는 않았습니다. 20대를 좀 들뜬 채 보낸 것만큼 수업(?)을 치른 일도 많았습니다. 그러나 수업이 나쁜 것은 아닙니다. 적어도 아무것도 생각하지 않았던 20대보다는 인생이 갑자기 즐거워졌습니다. 고민하고 망설여도 대개 작은 기쁨을 감사하게 느낀다는 것을 알게 됩니다. 나이 먹는 것을 자연스레 받아들이는 멋진 여성이 되고 싶습니다.

엄마, 37세
중2를 필두로 한
3명의 아이

언니

딸, 37세. 독신.

엄마 세대와
비교하면 젊지만,
어릴까나
놀고 마시고
학생 때와
그다지
변하지 않은…

최근 날씬해져
예뻐진 엄마
이 당시보다
더 멋질지도

그게
아이 키우기에
필사적이었단다

나
초등학교
2학년

오빠
초등학교
4학년

설날에 멋을 내고 찍은 사진
나와 언니, 내 옷은 모두 엄마가 만든 것…!

# 긴자의 행렬

22. SEPTEMBER

드디어 긴자에 'H&M' 1호점이 오픈했습니다. 여행지에서 로고를 발견하면 들어가지 않고는 견딜 수 없는 가게입니다. 오픈 날에 운 좋게 5,000명의 행렬 속에 들었습니다. 개점 1시간 전에 가게 앞에 도착했습니다. '(한정 500장의) 티셔츠를 받을 거야~'라고 말했던 제가 바보였습니다. 우습게 봤어요, H&M! 해가 쨍쨍 내리쬐는 날에 친구와 '돌아가고 싶어……' 하며 반쯤 울었습니다. 그러나 줄 서 있는 것만으로도 가을에 무엇이 유행할지 알 수 있어서(멋진 사람이 많았다) 꽤 즐거웠습니다. 2시간 정도 기다린 끝에 무사히 입장. 이날 4시간을 기다린 사람도 있었다고 해요! 매우 혼잡한 가게 안에서 3시간 정도 쇼핑하면서 충분히 만끽했습니다. 11월 하라주쿠 2호점 오픈에도 줄을 서볼까……?

출선 기념으로
나눠준 스크랩 ♥

H&M

양산을 나눠줘서 고마웠습니다~
검은 우산의 꽃이 핀 긴자 거리

긴자라서
더 충격이었던 줄
하라주쿠 정도
기대!

하이웨이스트 트렌치코트
15,990엔

엄청난 열기를
체험한 것만으로도
재밌었다.

롱 셔츠
7,990엔

일부러 비싼 것만 구매 · 조금 작은 재킷은 4,990엔에 겟

주머니 달린 니트 5,490엔

# 된장국 기념일

된장국을 만든 지 21년째. 언니가 그랬던 것처럼 나도 고등학생이 된 16살 이후로 엄마에게서 아침 식사 준비를 물려받았습니다. 물론 그렇다고 해도 항상 지각 일보 직전이었기에 그냥 적당히 만들었죠. 아빠와 오빠에게 엄청난 불평을 듣는 최악의 아침 식사 당번이었습니다. 사실 그 후로는 한 번도 직접 육수를 만든 적이 없는 나. 엄마는 쪄서 말린 멸치 육수를 사용했지만, 나는 오로지 분말 육수만. 그 사실을 슬쩍 입에 올리자 이웃의 요리 선수인 아주머니가 '그걸 솔직하게 말하다니, 대단해'라며 어이없어하셨죠……. 그래서 다시 만들었습니다. 이웃 아주머니가 추천한 가다랑어포를 사용해서. 물론 맛도 다르고, '확실히 하는 나'(보통인가?)라는 모습에 취했죠. 된장국 만들기가 한층 즐거워진 요즘입니다.

생일에
'SOYBEAN FARM'의
된장을 받았어요.
된장은 섞으면 더 맛있어요.

가가의 천연 된장

28

츠키지의 가다랑어포 가게 '마츠무라'

좋은 가다랑어포를 사용하면
반드시 맛있어요.

육수를 우린 가다랑어포는 버리지 말고 잘게 썰어서
간장을 넣고 조려서 후리카케로 만들어요.

건더기가 많은 게 좋아요.

오늘은 배추, 감자, 유부,
다시마도 잘게 썰어 넣고,
양하를 토핑

# 한 통의 편지

올해로 데뷔 15주년을 맞이했습니다. 출간된 책이 15권이나 되고, 잡지*에서도 특집을 꾸며주었습니다. 그림을 그리기 시작한 이후로 똑같은 일이 반복되는 매일입니다. 집에서 보내온 학창시절의 작품을 편집한 것을 보고 있는데 한 통의 편지가 나왔습니다. 스무 살의 내가 교수님께 쓴 그 편지에는 '나중에 일러스트 에세이를 그리는 사람이 되고 싶어요'라고 적혀 있었습니다. '와 드림즈 컴 트루다!'라며 겸연쩍은 말을 했지만, 아주 감동했습니다. 저는 미술 성적은 계속 중간이었고, 어른에게 칭찬받은 적은 한 번도 없었습니다. 단지 그림이 '좋아'라는 강한 마음과 사람과의 만남을 인연으로 여기까지 오게 된 것입니다. 새삼스레 기적에 가까운 일에 감사하면서 머리끈을 다시 고쳐 맨 몇 개월이었습니다.

잡지 〈MOE〉(하쿠센샤) 2008년 12월호

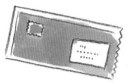

또 미래의 나에게
장래의 꿈을 써볼까

편지지에는 물고기 그림, 그 당시 좋아하던 무늬

칭찬받지 못해도
이해할 수밖에 없는
서툰 그림 솜씨

입시학원에
다녔던 고교 시절

물고기 모양

목탄 데생의
지우개는
식빵

섹시함 제로의
미대생 시절

마르스가 유령 두건을 쓴
스탤론으로

# 데라마치 거리에서

잡지 취재차 1박 2일로 교토에 다녀왔습니다. 그림책 지도를 따라가는 취재로 박물관에서 그림 족자를 보고, 물감 가게에도 들리고, 조금 딱딱하면서도 흥미로운 내용이었습니다. 첫날의 마지막 취재는 데라마치 거리의 '가미츠카사가키모토'였습니다. 1845년에 창업한 종이 전문점으로 일본 전국의 일본 종이를 사용한 종이 잡화와 아름다운 수공용 종이 등이 진열되어 있습니다. 교토, 도쿄의 '규쿄도' 등, 오래된 가게의 일본식 편지지를 애용하고 있는데, 이곳에서도 소중한 것을 손에 넣어 기뻐서 어쩔 줄 몰랐습니다. 취재가 끝난 후 정말 짧은 시간이었지만 산책을 즐겼습니다. 교토 시청 뒷골목의 데라마치 거리에는 오래된 구운 과자 가게 '무라카미카이신도'와 찻집 '잇포도사호'가 있습니다, 수수한 절 등, 멋진 가게가 늘어서 있는 매력적인 지역입니다. 일하는 사이사이 이런 한정된 산책도 즐거워요.

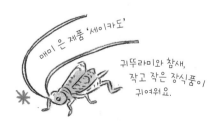

매미 은 제품 '세이카도'

귀뚜라미와 참새,
작고 작은 장식품이
귀여워요.

1907년 창업한
'무라카미카이신도'

신나는 가게 탐험

맛과 모양 모두
소박한 러시아 쿠키

1개에 189엔

히가시데라의
'행운의 주황색 말 편지지'

원 포인트가
좋은 느낌 ♥

가끔 그림도 그리니까
이렇게 심플한 게 좋다.

# 할아버지의 아침밥

우리 집의 아침밥은 밥과 된장국, 달걀프라이와 곁들인 야채. 고등학교 3년간 아침밥을 만들면서 요리의 기초가 몸에 익었습니다. 그러나 집을 나온 이후로 아침에는 계속 빵입니다.

엄마의 외할머니 집은 일본풍이었지만 아빠 쪽은 아침밥으로 빵을 먹었습니다. 여름과 겨울 십몇 년 동안 계속 같은 메뉴. 토스트, 달걀프라이에 약간의 야채, 치즈, 거기에 핫 밀크. 어쩐지 멋진 메뉴지만 먹는 곳은 고타츠*, 할머니가 찌그러진 냄비로 데운 우유는 화로 위. 그 미스매치도 강렬했지만, 우리 집과는 전혀 다른 메뉴에 가슴이 뛰었습니다.

할아버지는 항상 토스트 위에 달걀프라이를 올리고, 치즈도 두 개 잘라 끼워 먹었습니다. 평상시에는 과묵하지만, 엉터리 '할아버지 언어'로 갑자기 떠들면서(예를 들면, '우앗뽕뽕 도코칭 도코칭' ← 의미 불명) 웃음을 주며 매년 이불에서 '모모타로' 이야기를 하는('몇 번이나 들었어요'라고 불평해도 그만두지 않음) 어쩔 수 없는 사람이었습니다. 달걀프라이를 올린 토스트는 그런 할아버지 흉내입니다. 제가 16살이던 때 돌아가셨지만 지금도 이렇게 영향을 받고 있는 것이 어쩐지 기쁩니다.

---

**고타츠** 일본에서 사용하는 난방기구. 윗판과 다리가 따로 노는 탁자로 다리 부분 위에 담요를 덮고 그 위에 상판을 덮어서 사용한다.

# {WINTER & SPRING}

# 아침 산책

마감 축제가 끝난 후 오랜만에 부모님 집에 얼굴을 내밀었습니다. 엄마는 매일 아침 5시면 일어나서 산책하러 나갑니다. 휙 동네를 한 바퀴 도는 1시간 반 정도의 일정. 한 번 따라간 적이 있는데 한심하게도 도중에 기분이 안 좋아졌습니다. 그 이후 집에 돌아가도 저는 이불 속에서 편하게 늦잠을 자는 게 당연했습니다. 어느 날 산책에서 돌아온 엄마의 두 손에 어쩐 일인지 낙엽이 잔뜩 들려 있었습니다. 그것을 신문지를 펼쳐 종일 의자 위에 올려놓는 것 같았습니다. 형형색색의 예쁜 모습에 기쁜 것 같았습니다. 엄마는 이런 것을 좋아하는구나라고 생각했습니다. 아빠가 돌아가시고 넓은 집에서 혼자 살면서도 씩씩하게 스스로 점점 즐거움을 발견하면서 사는 엄마. 나도 언젠가는 이런 '혼자서도 잘하는' 어른이 될까.

지금은 더 나아가
쓰레기도 줍고 있어요.

엄마와의 유일한 아침 산책은
새해 첫날 일출
아빠가 돌아가신 후의 행사로
이번이 3회째

집 근처에 유수지가 있어서 그곳에서 멋진 일출을 감상

손난로

뜨거운 차를
담아온 보온병

형부          조카          나          엄마

# 혼자서 신칸센

혼자서 신칸센을 타는 것을 좋아합니다. 몇 명이 떠들썩하게 타는 일이 많지만, 올해는 일 때문에 혼자 탈 기회가 많았습니다. 도쿄 역에 도착하면 개찰구 앞에서 에키벤(열차 도시락) 코너로 갑니다. 작년 무렵부터 오로지 '후카가와 메시(후카가와 지역 도시락).' 전에는 여러 가지가 든 화려한 도시락을 좋아해서 오로지 후카가와 메시만 먹는 엄마에게 '그렇게 수수한 건……' 이라고 말하기도 했습니다. 어느 '혼자서 신칸센' 때, 갑자기 생각나 사봤는데 아주 맛있었습니다. 돌아오는 길은 물론 그 역의 에키벤과 맥주. 열차가 움직이면 차내의 여기저기에서 '피식'하는 소리. 취재는 대체로 평일이므로 출장에서 돌아오는 아저씨들의 맥주 캔 따는 소리에 마음속으로 '수고하셨어요!'라고 나도 모르게 생각합니다. 그 후에는 대체로 자지만. 그동안 격조했던 후지 산을 오랜만에 보러 가고 싶네요.

옛날과 비교하면
얼굴이 길어졌네-

후카가와 메시 ✳

바지락 밥

김

생선 조림
구운 붕장어

가지와 무절임,
유부 조림

후지 산은 보이지 않지만,
도호쿠 신칸센 쪽
커피가 맛있었고,
표 검사가 없었다.

신칸센 좀 ✳ 좋은 이야기

옷에 주스를 쏟아
울고 있자
차장 아저씨가
함께 씻어준
추억이

무슨 일이니?

휴우...

아마 4살

# 반짝반짝 대 파티

취재로 방문한 나가사키 현 사세보 시. 하루 반 정도 머무는 동안 이 거리가 좋아진 것은 '반짝반짝 도전 대 파티' 때문. 사세보의 겨울 축제인 '반짝반짝 페스티벌'의 메인이벤트입니다. 우연히 행사 당일에 도착해서 활기차게 참전! 직선거리로는 일본에서 가장 길다고 하는 약 1km의 아케이드, 그 중앙에 긴 테이블이 죽 늘어서 있습니다. 그룹으로 산 테이블에는 어묵 냄비와 초밥이 있어 조금 벚꽃놀이 분위기가 납니다. 시장님의 건배사를 시작으로 3,200명이 참여하는 길고 긴 파티가 시작됩니다. 아주 성대한 것이 볼거리인 이 축제, 1시간 한정인 것이 또 좋습니다. 끝나면 어느새 철수하여 각각 2차 모임으로 흩어집니다. 흔쾌히 동료로 끼워 준 오픈 마인드의 사세보 사람과 풍류를 즐기는 어른의 놀이에 흠뻑 빠진 밤이었습니다.

건배 후에는
일제히
풍선을 날린다.
기분도 술렁술렁

40

회사와 가게 등
동료 그룹이 많은 것 같다.
참가비를 내면
삼각모와 풍선,
맥주를 줘요.

개인도 2,000엔만 내면 참가 가능

아저씨, 오빠, 모두
삼각모가 잘 어울려요.

기분좋아라!

사세보 어묵은 소 힘줄이랑 함께
푹 끓임. 맛있어.

테이크아웃해서
사세보버거
한입 햄버거도

매우 좋아♡

# 올해의 나는

여러분은 새해를 맞이하여 1년 계획을 세우셨나요? 저는 매해 새해 첫날에 10개 정도의 목표를 세웁니다. 올해의 목표는 단 하나, '건강을 챙기자!' 작년은 숨 돌릴 새도 없을 만큼 일과 놀이에 힘을 쏟아 부은 정말로 '달렸던' 1년. 덕분에 생활 리듬은 계속 무너져 갔습니다. 일찍 자고 일찍 일어나기. 몸에 좋은 밥을 만들어 먹기. 운동하기. 계획적으로 일을 진행하기. 마치 초등학생 여름 방학 계획처럼 말이죠. 2008년은 분주히 뛰어다니면서도 자신의 내면과 마주보는 시간이 많았습니다. 2009년은 기본적인 상황을 정리한 후 작년에 생각한 것을 확실한 형태로 만들어 가는 것입니다. ……라고 쓰고 있는 지금 시간은 새벽 3시. 뭐 괜찮아요, 1년의 시작은 절분(입춘 전날)이라는 이야기도 있으니까요. 이미 좌절한 사람도 함께 다짐해요!

오래된 옷을
잘라서 걸레로

방이 어지러우면
마음도 어지러워요.

부지런히 닦아요!

# 초콜릿 선물

밸런타인데이 때 지금까지 가장 힘을 쏟았던 것은 고등학교 시절. 처음으로 '남자 친구'에게 준 것으로 직접 만든 쿠키에 포장도 직접 하고 카드도 만들어서 굉장히 힘을 주었습니다. 그런 일은 그 후에도 없었고 앞으로도 없을 겁니다. 의리 초콜릿은 거의 주지 않았습니다. 회사에 다니는 분들은 의리 초콜릿 배포가 큰 일이겠어요……. 이벤트에 편승해서 여자끼리 교환하는 것은 즐겁습니다. 귀엽지 않은 것을 남자에게 줄 수는 없으니까요. 때때로 초콜릿을 선물로 주는 친구가 있습니다. 그녀가 작년 밸런타인데이에 준 강아지 초콜릿 쿠키는 정말 귀여웠어요! 올해는 나도 친구들에게 선물해볼까요.

추억의 밸런타인데이 선물

무늬 없는 캔에 리퀴텍스(아크릴 물감)로 그림 그리기

**Hiromi's Choice**

선물해 준 친구

New Year's Greeting

People Tree Milk

5ug

공정 무역 'People Tree'의 것

올해 새해 선물로 생 초콜릿을 얇은 종이로 만든 리본늘 붙이기!

Easter

부활절에는 'GODIVA'의 병아리 초콜릿 ♡

St. Valentine's day

효고 현 'CRAFT'의 강아지 초콜릿 쿠키

둥글고 예쁜 눈이 아주 귀여워요~

# 노리마키 파티

올해 절분에 처음으로 에호우마키(절분에 먹는 후토마키*) 모임에
갔습니다. 그곳에서 처음으로 만든 노리마키*. 모두 도매상에서
산 도구를 테이블 위에 늘어놓고, 각자 좋아하는 조합으로 '나만
의 노리마키'를 제작. 저는 자르면 꽃 그림이 되도록 도전. '일러
스트레이터니까(?), 별것 아닐 거야'라고 얕보고 덤볐지만, 꽤 어
려웠어요! 생각대로 안 되서 초조한 마음으로 만들어 모양이 잘
잡히지 않았습니다. 분해라. 자른 단면을 보니 너무 슬픕니다. '에
호우마키는 자르면 안 되겠네'라는 지적을 받았습니다. 그런가.
숨기기 위한 용도로 하나 더 제작. 올해 행운의 장소인 동북동 쪽
벽을 향해서 말없이 묵묵히 먹어치웠습니다. 마음속으로 소원을
빌면서. 그림의 노리마키에 또 도전하고 싶어요. 히나마츠리(인형
축제) 파티에도 딱 이예요.

전에 요리 잘하는
친구가 만든 건
훌륭했어요…

**후토마키** 굵게 싼 노리마키
**노리마키** 밥에 여러 재료를 넣고 김으로 바깥을 싸서 만든 일본 요리

초밥에 다랑어 덩어리 2개를 올리고,
속 건더기를 깔아요.
위에서부터 김을 싸서
야채를 올려 맙니다.

✳ 노리마키 레시피는 인터넷에 많이 있어요.

이상                     현실

덜렁대는 사람은 요주의!!

47

친구는 꽃송이가 큰 꽃에 도전
연어를 달걀부침으로 만 것을
초밥과 김으로 맙니다.

조금 어긋났지만,
꽃으로 보인다!

정성스레 만들었으니까요.

# 22년 후

최근 가장 흥분한 일. 그것은 첫 중학교 동창회. 게다가 학년 전체 동창회라서 아주 대규모 모임이었어요. 저는 친구에게 권유받아서 간사 팀에 참가했습니다. 엄마와 친구의 연줄을 추적해 연락이 닿지 않는 친구들을 수색. 모두가 노력한 끝에 모인 졸업생이 100명을 넘었습니다. 3분의 1 정도가 모인 것이니까 훌륭하죠. 개인적으로 만나고 싶었던 친구도 있었고 거의 22년 만의 재회였기에 너무 흥분해서 경련을 일으킬 것 같았습니다. 당시에는 이야기를 나누지 못했으나 좋아했던 남자아이와 무서웠던 반장과도 이야기를 나누는 등 즐거운 시간이었어요. 며칠 후에는 중3 시절 사이가 좋았던 친구들끼리 식사 모임을 했어요. 열다섯 살의 1년간, 같은 교실에서 보냈던 것만으로도 변함없이 사이가 좋아 분위기가 좋았습니다. 그때의 인연이란 정말 신기해요. 소중히 여기고 싶은 인연입니다.

간판도 그렸습니다.
교복을 입은 여학생,
남학생 한 장씩

아아, 이런 날이 올 줄이야.

사귀던 사이

→

취했음...

사귀었다고 해도, 서로 편지를 직접 만나 교환한 것뿐!··· 3개월 동안 ♡

조금 허세를 부렸던 중3 시대

✦

문화제 잡화점의 이상한 브로치

모두 오동통한 모습이었던 남자와 비교해서 여자들은 모두 아름다웠어요, 훌륭한 37살!

중학교의 통칭 바퀴벌레 가방

수학여행 흰 양말 대신 혼자 화려한 무늬를 자랑 하지만 사실 전혀 거칠지 않은 얌전한 중학생이었습니다.

# 휴식을 위한 수프

'최근 야채가 부족해'라고 느끼거나 외식과 음주가 계속되어 위장이 피곤할 때는 큰 냄비를 꺼내서 야채를 마구 넣고 수프를 만듭니다. 그래서 2, 3일은 수프를 메인으로 한 식사를 합니다. 위장을 쉬게 하고 싶거나 약간 몸무게가 늘었을 때도 이 수프를 먹습니다. 그 사이에는 탄수화물도 먹지 않고 배가 부를 때까지 오로지 수프만 마십니다. 그리고 수프 위크의 마지막에 즐기는 것이 카레라이스. 건더기를 많이 넣은 수프에 카레 가루를 넣기만 하면 놀랍도록 맛있는 카레가 됩니다. 야채에서 육수가 잔뜩 나와서 부드러운 맛의 카레로 완성됩니다. 수프를 먹고나면 반드시 카레라이스가 먹고 싶어져서 다이어트에는 그다지 효과가 없지만요.

조미료로 맛을 바꾸면 한동안 질리지 않고 먹을 수 있습니다. 유자 후추로 매콤하게

고기를 넣지 않으면
맛이 옅어서 닭 날개를 투입
뼈로 육수를 내니
일거양득

마지막으로
맛있는 소금을 슬쩍
야아 몸에 스며들어
번져요~

매우 맛있지만,
콘소메도 조금 넣어요.

닭과 야채만으로도

그리고는 그 시기에 맞는
계절 야채를 듬뿍 넣어서
끓이기만 하면 된다!

버섯 종류

햇감자

샐러리

양배추가 맛있는 계절입니다.

양파

당근

토마토

# 두건 나이트

3월에 개인전을 열었습니다. 신작 그림책《빨간 두건》의 원화를
메인으로 '두건 여자아이' 신작 일러스트를 더한 전람회. 그런 이
유로 오프닝 파티도 '두건'이 드레스 코드. 그 취지를 DM에 적은
시점에서 '손님이 줄어들지도……' 하는 각오를 했지만, 당일에
두건을 쓴 많은 사람이 모였습니다. 여자도 남자도 각각의 스타
일로 전시장 안에 핀 두건 꽃. 천 한 장을 둘러쓴 것만으로도 일
상에서 탈출한 듯 두근두근하는 화려한 기분으로 가득 찼습니다.
코스프레 놀이, 당분간은 그만둘 수 없어요.

수염과 두건 ✳

남자의 두건 모습
재미있었어요….

잘 나가는
일러스트레이터(47)

두건 호스트

선물 받은 목걸이

가슴 아래까지 올려 입은
스커트 + 부츠

싫어함

아기 두건 ♡

✳ 핸드메이드 두건 ✳

두건과 선물 모두 핸드메이드!
바구니 모양의 카드를
확대 복사해서 종이 상자에 붙인
'빨간 두건 바구니'
고슴도치 빵과
꽃이 세트

멋진 '반딧불의 묘지'에서 따온
두건의 묘지

가장 빨간
두건 같았어요.

# 작은 쇼핑

요즘 여러 가지 일이 있어서 자주 침울해집니다. 그러던 어느 날, 어차피 일도 진척되지 않기에 밤에 에잇 하며 외출했습니다. 일을 끝낸 친구들과 신주쿠에서 만나 가게 문을 열기 전 1시간 동안 봄의 물건을 구경. 올봄은 바다 취향 일색이네. 별로 마음에 들지 않아서 옷은 사지 않았습니다. 산 것은 립스틱뿐. 지나가다 들린 가게 앞에 빽빽이 진열되어 있던 작은 보석상자. 그것은 립글로스와 아이섀도 케이스였습니다. 가게는 영국 화장품 브랜드 'B.' 좋아하는 케이스를 고르고 평소와는 다른 색조의 립스틱과 립글로스를 샀습니다. 아주 조그마한 물건을 산 것이지만 조금 기분이 좋아졌습니다. 이렇게 기분이 화려해지는 것을 사고 머리 모양을 바꿨습니다. 조금 침울할 때는 자신을 위한 작은 투자를 하는 것이 좋을지도 모르겠습니다.

캔디 같은 포장이 귀여워요.

✳ 현재는 일본에서의 판매는 완료

립 컬러

금박을 섞음

아이새도 케이스도 이렇게 귀여워요.

케이스는 인도에서 손으로 만든 것 페어트레이드 제품

동경하던 글로스는 데칼코마니

나인립스틱 파우치는 '치치카카'

거리에서 만난 몸단장한 여성의 빈틈없는 아름다움에 깜짝

훌륭해~

밖에서 화장을 고친 적이 거의 없음

55

# 첫사랑 이야기

첫사랑을 주제로 한 그룹 전시회에 참가했습니다. 일러스트레이터, 핸드메이드 작가, 뮤지션 등 37팀의 아티스트가 각각 '첫사랑'을 작품으로 내놓았습니다. 사랑 에피소드도 조금 덧붙여서. 37통의 달콤새콤한 드라마에 가슴이 벅차올랐습니다. 저는 19살 때의 연애를 주제로 했지만, 물론 가벼운 첫사랑은 훨씬 전입니다. 초등학교 1학년부터 전학 가기 전인 4학년까지 같은 반이었던 M군. 항상 함께 자지러지게 웃으며 소탈하고 익살스러운 M군이 좋았습니다. 전학을 간 후 M군으로부터 받은 한 통의 편지. 자기와 반의 근황을 보고하는 편지의 마지막에는 '내가 무척 좋아하는 스기우라 씨에게'라고 마무리하고 있었습니다. 그때까지 기쁘게 읽고 있었는데 갑자기 뭐라고 말할 수 없는 기분이 되어 답장도 하지 못했습니다. 어린 시절의 그 기분은 도대체 뭐였을까요? 옛 일이 생각났습니다.

전학 가던 날 M군이 준
손으로 만든 마코토 벌레
(만화 《마코토짱》의 캐릭터)의 마스코트

이즈모 대사인 '빨간실'로 수놓은
첫사랑 부적도 판매

첫사랑 전시회에서는
스케이트 데이트 추억을 그렸습니다.
에피소드는
스케이트 신발 모양의 카드에

요리 창작 유닛 Goma의
'첫사랑 차'라는 즐거운 기획도!

고릴라 얼굴을 흉내 내면 기뻐하던 M군이 있었습니다.

✳ 책으로 만들어졌습니다. 《첫사랑 BOOK》(mille books)

# COLUMN 2
## 첫 실연

봄의 첫사랑 전시회에 이어서 가을에는 실연 전시회도 열렸습니다. 저는 첫사랑 전시회의 같은 사람에게 실연당한 것을 그렸기 때문에 상당히 본격적인 실연 이야기.

헤어지자는 말에 좀체 '응'이라고 대답하지 못했던 대학교 4학년 여름 방학. 어느 날, 반 친구 5명과 바다로 놀러갔습니다. 잔뜩 웃고 저녁 바다를 바라보고 있자 갑자기 '이제 괜찮아'라는 생각이 들었습니다. 모래사장에 살짝 이름을 썼는데 파도가 사악 밀려와서 문자를 지워버렸습니다. 찜찜하던 기분이 조금 산뜻해졌습니다. '내가 생각해도 부끄럽구나' 하면서 쓴웃음을 짓고 있을 때, 뒤에서 친구가 'ㅇㅇ(남자 친구) 이름도 쓰는구나' 하며 핵심을 찔렀습니다.

바다에서 돌아와 바로 전화를 걸었습니다. 갑자기 냉정해진 나에게 조금 놀란 그. '잘해주지 못해서 미안해'라고 사과하자 '누구보다 잘해줬어'라고 근사한 말을 돌려주었습니다. 잘해준 적 전혀 없었는데. 자기 생각만 잔뜩 했던 어리고 어렸던 나.

다음 날 아침부터는 친구의 고향으로 여행. 밤을 새우고 아침 햇살을 맞으며 역으로 향했습니다. 길가에는 껑충 키가 큰 해바라기가 흔들리고 있었습니다. 이 몇 주 동안 제대로 경치도 보지 못했던 것을 전혀 알아차리지 못했습니다. 나는 두근거림을 느끼면서 길 한가운데를 활기차게 걸었습니다.

## {SUMMER & AUTUMN}

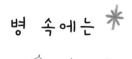

# 병 속에는

사이좋은 편집자가 우리 집에 일때문에 들렀을 때의 일. 나보다 4살인가 5살 어린 그, '괜찮으시면 드세요'라며 가방에서 꺼낸 것은 직접 만든 고구마 맛탕! 게다가 '본마망*' 빈 병에 넣어온 것이 귀여워요. 아직 뜨끈뜨끈한 고구마는 표면은 반질반질하고 속은 부드러운 어머니의 맛. 일이 막히면 공연히 이런 것을 만들고 싶어집니다. 그래서 'F군, 좋아요!'라며 감격. 남자 친구로부터 직접 만든 먹을 것을 받는 일은 거의 없으니까요. 이전에도 여성에게 나누어주면 오해를 사는 일도 있었다고. 왠지 알 것 같아. '좀 괜찮네'라고 생각하는 사람에게 이런 것을 받으면 좋아하게 될지도. 어쨌든 직접 만든 것을 받는 건 즐겁습니다. 나도 만일의 경우를 위해 병을 모으고 있어요.

**본마망** 프랑스 잼 브랜드

병은
15분 정도
끓여서 소독

나도
딸기잼을 나눠줌

초식 남자 F군

미나 펄호넌
(minä perhonen)의
가방 ♥

반나절 설탕을 뿌려둔

딸기를 으깨면서
20분 정도 끓이면 돼요. 간단!

이웃에게서 밀가루를 빌렸는데

병에
담아주었어요.

귀여워라.
'본마망' 만세!

# 푸른 하늘 아래 맥주

25. MAY

노키자카에서 친구의 전시회 오프닝 파티. 시작까지 약간 시간
이 남아서 근처의 도쿄 미드타운에서 차를 마셨습니다. 롯폰기
힐스에, 아카사카 사카스 등 이런 복합개발시설에는 익숙하지 않
은 나이지만, 미드타운은 좋아해요. 바로 근처의 국립 신미술관
이나 근처의 식당을 중심으로 가끔 들립니다. 이 날은 날씨가 매
우 좋아서 가게가 아니라 갑자기 공원으로 코스를 변경. 미드타
운 바로 뒤에는 히노키쵸우 공원이 연결되어 있습니다. 푸른 잔
디와 푸른 하늘. 엉겁결에 양말까지 벗고 맨발로 맥주를 즐겼습
니다. 이렇게 푸른 하늘 아래에서 마시는 맥주는 오랜만. 시간 가
는 줄 모르고 즐기다가 파티에 왕창 지각해버렸습니다. 한 걸음
빠른 가벼운 비어 가든이었습니다.

커플과 그룹이
마음대로 시간을 보내는 잔디 광장
아주 좋은 분위기

미드타운 안의 슈퍼마켓에서
여러 가지 맥주를 샀어요.
왼쪽은 아주 좋아하는
가루이자와의 '요나요나 맥주',
오른쪽은 하와이의 '빅웨이브 맥주'

도쿄에는
푸른 지역이 많구나~

기분 좋아라~

하와이의 훌라 팁 감자 칩, 맛있어요 ♡

# 산이 부르고 있어

31. MAY

폭포 수행의 취재를 하러 1박 2일로 오우메의 온타케 산으로. 폭포 수행도 좋았지만, '산'이 정말 좋았습니다. 폭포까지 왕복 1시간 산행을 하고 취재가 끝난 후에 산봉우리 근처를 산책한 정도였지만요. 요즈음 일의 지옥에 빠져있었는데 원기를 듬뿍 충전하고 산에서 내려올 수 있었습니다. 특히 아침 산길의 기분 좋음은 잊을 수 없습니다. 부드러운 나뭇잎 사이로 햇살이 들어오고, 어느 나무든 나뭇잎 한 장까지도 방긋방긋 웃고 있는 것 같았어요. 부모님이 함께 반더포겔*을 했던 적도 있어서, '언젠가 등산하고 싶어'라며 동경심을 가지고 있었지만 젊은 시절에는 바다만 좋아했습니다. 최근 주변 사람들도 산에 올라가고 싶다는 열정이 불타오르고 있습니다. 나이가 들수록 사람은 산을 목표로 하는 것일까요? 이번에는 트래킹을 하러 산에 가고 싶습니다.

이상은 작은 새의 대합창이 들려요.

**반더포겔** 집단으로 산야를 도보 여행하는 청년 운동

작고 흰 뱀과 조우

산 정상의 찻집 전망은 최고
근교의 산이나 다카오 산과 비교하면
관광지도 가까워서 좋아요.

꽃이 핀 세아이으로 인 지붕의 집

귀여운 산야초

# 잊으면 안돼

피렌체에 다녀왔습니다. 1주일 동안 머무른 것뿐인데, 출발 전에
미리 돈을 받은 일 때문에 지옥의 나날. 어째서 매번 이렇게 괴로
운 생각을 하면서까지 여행을 가는 걸까요……? 출발을 1주일 남
겨둔 주말. '이제 한계'라며 무리해서 술 모임을 만들어서 외출 준
비를 할 때였습니다. 갑자기 한 가지가 떠올랐습니다. '여권 기한
이 끝났어'라는 것이! 얼굴이 창백해졌어요. 출발 2일 전에 기간
마감인 걸 깨달아 함께 여행을 가지 못했던 한 친구의 얼굴이 스
쳐 갔습니다. 2박 3일의 서울 여행이었는데 이번에는 규모가 다
릅니다. 외출도 포기하고 흔들리는 손으로 컴퓨터로 검색. 그러자
다음 날인 월요일에 서류를 제출하면 출발일 아침에 받을 수 있
다는 것을 알았습니다. 비행기는 다행스럽게도 오후 출발입니다.
다음 날 아침 바로 지바의 엄마에게 연락해서 호적등본을 도쿄
역에서 건네받아, 받자마자 그 길로 신청. 그리고 출발일 아침에
다행히도 새 여권을 받아서 바로 나리타 익스프레스로 날아가 비
행기에 올라탔습니다. 아아 기적적으로 아슬아슬하게 생각해 낸
나에게 건배. 하지만 이런 줄타기, 두 번은 사양입니다.

경유지인
로마 피우미치노 공항에서
첫 입국 스탬프

트렁크는 택배를 이용해
나리타공항으로 보냈습니다.

여행지의 스티커를
덕지덕지
피렌체에서 열차로
1시간 거리인
아레초의 스티커도

첫 ✽ 10년 여권

일
런
단
크
머
리
는
피
고
한
얼
굴
로

서
클
은
선
명,
10
년

부
스
즈

5년용의
검은 여권이 좋았어요.
추억과 스탬프가
가득

체코에서 기차로
들어간 헝가리

# 신 사 에 서

올해는 르포 일이 많아서 국내를 돌고 있습니다. 각지의 신사와 불각을 방문할 기회도 많은 요즘. 상반기에 가장 좋았던 것은 나가노의 스와대사. 신사 그 자체도 좋았지만, 길운 뽑기에 감명을 받았어요. 나는 길운 뽑기를 꽤 좋아해요. '교제 - 한 번 더 다짐', '기다리는 사람 - 때가 되면 온다' 이것도 저것도 아닌 말로 너무 노골적으로 표현해서 정취가 없는 점이 오히려 재밌으니까요. 누군가 글을 쓰고 있겠지. 스와 신사의 논지는 '한 가지에 집착하느라 소용도 없는 일을 고민한다.' 아핫, 바로 내 얘기네! '기운을 내서 버릴 것은 버리고 나아갈 곳으로 나아가라.' 네!

냉정한 말투에 마음이 상해도 이런 적확한 메시지는 오히려 고맙습니다. 이러니까 그만둘 수 없어요. 다음 취재에서 뽑은 것은 흉이었지만……

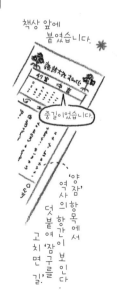

책상 앞에 붙였습니다.

중길이었습니다.

'양잠' 역사의 항목에서 항간이 보인다. 덧붙여 '잠구를' 고치면 길.

68

스와대사의 4가지 궁 중 하나 '봄궁'에서 있는 '만치의 석불', 오카모토 타로가 절찬한 소박한 미의 석불입니다.

좋은 얼굴

'원하는 것을 말하면서 시계방향으로 3바퀴 돌기' 이런 거 좋아요.

짤
짤
랑
랑

소원을 빌면서
뽑습니다.

# 쇼와의 저녁

27. JULY

비어 가든, 아주 좋아요! 올해의 첫 비어 가든은 구단회관의 '녹색 비어 가든'이었습니다. 서양식 건축물 위에 성곽 모양의 지붕을 얹은 '제관 양식'의 구단회관은 1934년에 준공된 굉장히 위엄이 넘치는 건물입니다. 클래식한 로비에서 엘리베이터를 타고 옥상으로 나가면 그곳은 쇼와의 비어 가든. 플라스틱 테이블 세트가 아무렇게나 놓여 있는 싸구려 공간. 싼 안주. 손님은 100% 퇴근길의 샐러리맨. 이 갭이 참을 수 없어요. 그리고 가장 중심이 되는 것은 뭐라 해도 버니짱. 두세 명의 버니 걸이 상주하고 있어 주문을 받거나 요리를 나릅니다. 연령층이 미묘하게 높은 것도 분위기에 딱 맞아서 좋아요. 퇴근길의 개방적인 아저씨들의 웃는 얼굴과 습기를 머금은 바람과 무도관의 옥상. 최고의 위치에서 500mL 맥주잔을 5잔, 6잔…… 마셨습니다.

결혼식장과 숙박 시설이 있어요.

구름의 흐름이 먼 날로 하늘 모양도
드라마틱!

싹싹한
버니짱 때문에
모두
기쁜 것 같다.

강한 바람에
귀가 떨어져
버렸다.

구단회관 아래에 있는
출판사 분들과
마셨습니다.

✳ '구단회관'은 현재 영업하지 않습니다.

# 직업 체험

17. AUGUST

나의 작은 아틀리에에 10명의 중학생이 왔어요! 그들은 중학교 2학년인 조카의 동급생이에요. PTA의 임원인 언니를 통해서 중학교에서 '직업 체험'을 부탁받았습니다. 줄줄이 온 중학생에게 둘러싸여, 어떻게 일러스트레이터가 되었는지 이야기하고, 원화를 보여주며 그리고 있는 것을 보여주었습니다. 마지막에는 모두에게 조금 그림을 그리게 하고 완료. 처음에는 긴장해서 얼어 있던 중학생들도 마지막에는 어느새 본성을 드러내며, '수입은 얼마에요?'라며 정곡을 찌르는 질문을 하는 남학생도 있었습니다. 내가 어렸을 때는 이런 수업은 없었는데, 부러워라. 중2 때는 인테리어 코디네이터가 되고 싶다고 말했던 것 같아요. 오늘 방문한 10명 중에서 그림과 관련된 일을 하는 아이가 나온다면, 재밌겠다.

비닐 포치의 필통

어서 오세요~

그리고 다른 조카 한 명은

'마음껏 먹을 수 있으니까!'라는 이유로 회전초밥 가게

설거지만 해서 힘든 것 같았지만,

목적은 이룬 것 같아….

10명에게
일러스트 리포트용으로
'이 날 일을 그리기'라는
과제를 내주었습니다.
기대돼요ㅡ.

간식도 줬어요.

남자아이도
3명 있었습니다.

나의 그림을 예로 해서
10명이 합작 일러스트를 그렸습니다.

빠릿빠릿한 여자아이와
비교하면 남자아이는
아직 아이 같아요.

예 는
이 쪽
→

# 여름의 추억

여름의 막바지에 캠핑을 갔습니다. 방갈로를 빌려서 요리를 만들고 불꽃놀이를 하면서 뒹굴며 별을 보며 캠핑을 만끽했습니다. 그러나 출발 전에 감기에 걸려버린 나. 망설였지만 미열이었기에 마스크를 착용하고 강행해서 참가. 역시 점점 심해져서 기운은 평상시의 절반 정도. 다음 날은 바다로 향했습니다. 물론 수영복은 없었지만 즐겁게 헤엄치는 모두를 보고 있으려니 참을 수 없어졌습니다. 수영을 마친 남자 친구한테서 수영 팬티를 뺏고, 갈아입을 것을 가져온 친구한테서 비키니를 빌려 바다로 퐁당! 그후 분위기에 휩쓸려 맥주까지 꿀꺽꿀꺽. 밤까지 그렇게 놀다 보니 몸이 견디지 못해서, 전차로 먼저 돌아왔습니다. 언제부터 이런 욕망을 참지 못하는 사람이 된 걸까. 무리해서라도 노는 것을 선택해버려요. 나의 앞으로가 걱정입니다. 즐거웠지만.

지바의 구루리는 하늘에 별이 가득…

뭐가?

섹시고 뭐고 아무거도 없다.

남자 수영 팬티니까...

맛있어!!

주운 나뭇가지에 빵 반죽을 말아서 숯불로 구운 빵 by Goma (P. 57 참조)

# 산 위에서 맥주

여름의 끝을 기념하며 다카오 산 위에 있는 비어 가든 '비어마운트'로. 4년 전 마지막으로 갔을 때는 비가 오는데도 억지로 강행했었는데 아주 즐거웠습니다. 기쁘게도 이날은 맑게 개어서 오랜 꿈이던 등산 → 비어 마운트 코스를 이루었습니다. 아주 좋아하는 에코 리프트도 타고 싶었기 때문에 표고 500m(비어 마운트 앞)까지는 리프트를 탔습니다. 나머지는 산 정상까지 100m 정도를 하이킹했습니다. 느긋하게 걸으면 왕복 약 2시간. 적당히 목이 말랐습니다. 오픈한지 30분 후에 줄을 섰는데도 1시간 반을 기다렸습니다. 번호표를 받아서 산책을 하면서 시간을 보내니 더욱 목이 말랐습니다. 기다리고 기다렸다 마시는 한 잔은 각별한 맛! 야경의 저편에 아스라이 불꽃놀이가 보였습니다. 그것은 마치 모기향 불꽃 같아서 여름의 끝에 어울리는 밤이었습니다.

잎이 붙어 있는 귀여운 푸른 도토리가 많이 떨어져 있어요.

꽤 경사가 있는 리프트 내려오는데 옆으로 앉아서 여유 만만한 외국 어린이들 내 친구는 벌벌 떨었는데…

간단한 도시락도 지참 ✱

야채 절임

명란젓 주먹밥

김은 따로

매실, 미역 주먹밥

등산이라고 할 순 없지만, 물통을 준비하고 배낭을 메고…, 분위기만은 그럴싸하게

# 사쿠라 섬으로

28. SEPTEMBER

취재로 가고시마 시에. 시내 목욕탕의 90%가 천연 온천이라 정말 부러운 '온천 목욕탕' 취재였습니다. 가고시마에서 가장 인상적이었던 것이 사쿠라 섬. 지금도 활동을 계속하고 있는 활화산이 시내에서 겨우 4km밖에 떨어져 있지 않다는 것에 우선 놀랐습니다. 아주 가까이에 있는 화산의 큰 존재감. 웅대하고 압도적인 모습에 단숨에 매료되었습니다. 하지만 온천 등의 큰 은혜를 받은 사쿠라 섬도, 주민에게는 성가신 존재일 수도 있겠죠. 시기와 바람 방향에 따라서 세탁물 등은 절대로 밖에서 말리면 안 되고 집이나 차에도 화산재가 쌓이기도 합니다. 그래도 사츠마 토박이에게는 고향의 상징. 이렇게 삶의 근처에 사쿠라 섬이 가로놓여 있어 크게 감명받았습니다. 그렇다 치더라도 고등학교 수학여행에서 봤을 텐데 전혀 기억에 없어요. 얼마나 풍경에는 관심이 없었던 걸까……

길가에 화산재 전용
쓰레기장이 있어요!

오페라 하우스…는 아니고 수족관

'사쿠라 섬 페리'를 타고
15분 동안의 배여행
경치를 보면서 우동을 먹는
눈 깜짝할 사이에

페리 안에 있는
작은 우동 가게
갑판에서도
먹을 수 있어요.

맛있지어락!

사츠마아게*도 들었어요

**사츠마아게** 생선살을 갈아서 당근·우엉 등을 섞어 기름에 튀긴 음식

# 달님

13. OCTOBER

추석날, 마침 집에서 식사 모임을 할 예정이었기에 쇼핑하러 나간 김에 달맞이 경단을 샀습니다. 여자 세 명이 함께 백숙과 죽을 배불리 먹은 후 수다를 떨면서 경단을 우물우물. 한 명은 자고 가기로 해서 밤중에 정원에서 달을 보며 이야기를 나누었습니다. 흰 구름이 끼거나 끊어지거나 검은 구름에 푹 모습을 숨기거나. 어린 시절부터 달을 바라보는 것을 매우 좋아했어요. 계속 따라오는 것이 이상해서 어쩔 줄 몰랐죠. 지금은 평온해 보이기도 하고 애달파 보이기도 하니 뭐라 말할 수 없는 기분이 듭니다. 여성 신체 주기와 깊은 관련이 있다고 하는 달. 사람 기분의 부침에까지 영향을 준다고 하니까요. 그러고 보니 다음 날은 만월이었는데 초조해 하는 차량을 연달아 만났어요. '달 때문인가'라고 생각하면서 평소에는 화가 날 상황도 웃으며 못 본 체할 수 있었습니다. 신기할 정도로 큰 달. 내년의 십오야는 어떤 기분으로 올려다보고 있을까요.

희고 엷은 구름이 레이스 같아요.

친구가 꽂은 개여뀌......

경단 유닛 ★ 상자를 뒤집어 쟁반에!

어떻게 이런 생각을 했을까

긴자에 본 누나의 '달맞이 경단'

단팥

베란다에서 차를 마시면서 바라보는 보름달

신비한 달빛 아래, 이야기는 자연스레 깊은 내용으로...

# 중학생이 꾸는 꿈은

유치원 시절 장래의 꿈은 '화가', 초등학생 때는 '만화가', 고등학생이 되어서는 '일러스트레이터'라고 꽤 일관적이었습니다. 꿈을 꾸는 폭주기관차, 중학교 시절은 예외로 치고요.

중학교 1학년 때 갑자기 인테리어에 눈을 떠서 잡지 〈나의 방〉(엄청난 제목)을 숙독하면서 방을 꾸몄습니다. 공간 박스를 옆으로 쓰러뜨려 핑크 천으로 싼 쿠션을 놓고, 벤치풍으로 만들기도 했습니다. 되돌아보면, 함께 방을 쓰는 인테리어에는 전혀 관심 없던 언니의 낡은 공부 책상이 눈에 띄지만요. 그런 이유로 잠시 '인테리어 코디네이터가 되고 싶어'라고 말했습니다. 엄청나게 좋아했던 C-C-B*를 만나고 싶다는 일념으로 한순간 '여배우'가 되고 싶었던 적도 있고요(노래는 못하니까). 드라마에 함께 출연 → 결혼! 이라고 진심으로 생각했으니 여자 중학생의 망상은 무섭습니다. 중학생 시절은 가장 부끄럽고 바보 같던 시절. 하지만 가장 감수성이 발달하고 흡수력도 발군이었습니다. 키치하고 오래된 물건을 좋아하는 지금 취향도 이 시절과 그다지 변하지 않은 것 같아요. 거리에서 중학생 무리를 보면 '친구 사귀기는 거 힘들겠네'라고 생각하지만, 아무것도 모른다는 얼굴이 무척 사랑스럽게 느껴집니다.

**C-C-B** 1985년 'Romantic은 멈추지 않아'로 인기를 끈 아이돌 밴드

# {WINTER & SPRING}

# 다카라즈카 입문

일을 계기로 완전히 다카라즈카*에 빠진 친한 편집자 Y짱. 그녀의 지도로 '다카라즈카 데뷔'를 했습니다. 전반은 가극, 후반은 리뷰*, 3시간의 아찔한 세계! 역시 리뷰가 굉장해요. 카니발과 삼바 등 브라질을 주제로 라틴 무드가 넘치는 쇼가 '어때 멋지지!'라며 몰아쳐 숨 쉴 틈이 없을 정도. 너무 즐거웠고, 일체감에 감동받아 조금 울어버렸습니다. 관객도 폼폼을 흔들며 참가할 수 있는 부분이 있었는데 아저씨도(꽤 있어요) 아줌마도 모두 소녀 같은 표정으로 정말 행복해 보였어요. 아니, 활기가 넘쳤습니다. 공연이 끝난 후 기다렸다가, 스타와 팬의 따뜻한 만남에 또 감동. 다시 한 번 꼭 보러 갈 거예요(덧붙여 Y짱은 한 달 공연 중 10번 정도 간다고 해요, 대단해)!

브라보, 브라보, 브라보

며칠 동안 머릿속에서 반복

**다카라즈카** 여성으로만 구성된 일본의 가극단
**리뷰** revue, 노래와 춤 중심의 연극

RIO DE BRAVO!!

이 날개와 큰 계단은
인생에서 한번은 직접 봐야 해요.
엄청난 박력입니다.

극
내
역
자
역
역
귀
연
여
기
시
워
자
아
들
가
요
의
무
!
이
대
상
이

유키 조의 톱 남자 역 배우
미즈 마키 씨
사복일 때도 모자와 선글라스,
남자다워요~ ♡♡

# 시즌 도래

한 달 정도 큰일이 있어서 어수선했습니다. 그런 나에게 있어서 가장 무서운 적은 감기. 아슬아슬한 스케줄이 눈앞에 어른거리기 때문입니다. '마라톤 대회라니 감기에라도 걸리면 좋겠네-'라며 절망하던 어린 시절은 먼 이야기입니다. 몇 번의 위기가 찾아왔지만, 초기 증상이 나타나면 바로 대응했습니다. 밖에 나갔다 돌아오면 30초 동안 소금물로 손을 씻는 것은 물론 조금이라도 한기를 느끼면 족욕을 합니다. 몸을 안부터 밖까지 확실하게 따뜻하게 해줍니다. 그 후에는 기력만 차리면 되니까요. 분명히 열이 있어도 '나 감기에 걸리지 않았으니까!'라고 타이릅니다(꽤 효과 있어요). 그래도 안 된다면 배를 묶고 잠을 자는 수밖에 없습니다. 여러분도 조심하세요!

절찬 애용 중인
'호보니치'의 하라마키
(배에 두르는 천)
디자인은 'tupera tupera'
피부에 닿는 감촉과
신축성이 좋아요.

✻ 속부터 따뜻하게 하는 방법

따뜻한 우유

진하게 끓인 홍차

생강 간 것을 잘게 나눠서 냉동해 놓은 것

포인트는 흑설탕을 듬뿍
순한 단맛이
맛있어요~

✻ 밖부터 따뜻하게 하는 방법

목이
건조하니까
감기용 마스크

목에 두르는 수건은 필수
빈티 나도 스툴은 안 돼요…

미지근해지면
뜨거운 물을
발에 넣어준다.

발 토시와
두꺼운 양말로 보호!

# 여행과 쇼핑

취재로 가나자와에 다녀왔습니다. 목적지는 시민의 부엌인 오우미쵸 시장. 컬러풀한 아케이드 아래에 생선 가게와 야채 가게 등 180개의 가게가 나란히 늘어서 있는 큰 시장. 아침부터 저녁까지 동네 주부와 관광객으로 매우 붐빕니다. 해외든 국내든 시장 산책을 좋아해서 구경만 하는 것보다는 쇼핑을 하면 즐거움도 2배. 이번에도 가가 야채*와 산해진미를 잔뜩 사서 돌아왔습니다. 초록잎 야채는 조금 걱정되었지만 가게 주인이 듬뿍 물을 준 덕분에 10시간 후에도 싱싱했습니다. 마침 딱 도호리쿠 지방의 음식재료가 제철이어서 잠시나마 호사스러운 밥을 먹을 수 있어서 행복했습니다. 지방에 가면 슈퍼마켓에서 된장과 그 지역 식품을 사 옵니다. 도쿄에서는 볼 수 없는 복고풍 포장의 과자와 라면 등 입니다. 여행지에서 동네 사람이 된 기분으로 쇼핑하는 것, 추천합니다.

우츠기 빨간 껍질 감률 호박 ✳
(가나자와에서 생산되는 호박)
소금과 육수만 넣고 조림

수분을 듬뿍 머금은 호박

긴지소우 ✳

(가나자와에서 생산되는 붉은 시금치)

가가 야채 중에서도 특히 마음에 들었어요. 돼지고기와 볶아서...

독특하게 매끄러워서 씹는 맛이 좋다.

된장국에...

잎끝이 둥근 가나자와 쑥갓 먹기 쉽고 맛있다!

포근포근

'고로지마 긴토키' (가나자와에서 생산되는 고구마)는 젖은 신문지로 싸고 호일로 말아 토스터로 구운 것

시장 안의 옷집도 enjoy!

고민한 끝에 망토

러시아풍의 장미 무늬룸 팬츠 1,050엔

야채를 넣어 온 장미 무늬의 가방 단돈 105엔

**가가 야채** 이시가와 현 가나자와 시에서 생산된 가나자와 시 농산물 브랜드 협회가 인정한 야채

89

# 골목길 산책 in 오사카

일 때문에 간사이 지방* 에 갔습니다. 스케줄이 반나절 비어서 오사카의 나카자키쵸로 향했습니다. 이전부터 친구에게서 내가 사는 니시오기쿠보와 비슷하다고 들어서 관심이 있었습니다. 평범한 동네에 귀여운 잡화 가게가 오밀조밀 있는 점은 비슷했지만, 나카자키쵸는 몇 배나 더 깊은 맛이 있었어요. 우메다의 이웃 역인데 타임슬립한 것처럼 옛날의 뒷골목 풍경이 남아있습니다. 오카사 친구에게 듣기로는 '전에는 아무것도 없는 주택가였어'라고 합니다. 지금은 꽤 많은 잡화 가게와 카페가 늘어서 있습니다. '이런 곳에?'라고 생각할 정도로 좁은 길가까지 가게가 있어서 보물을 찾는 기분이 듭니다. 잡지에서 오린 지도를 가지고 있었지만, 골목이 너무 복잡해서 봐도 소용이 없었어요. 헤매면서 걷는 것이 즐거운 산책길이었습니다.

화분과 고양이가
어울리는 동네

**간사이 지방** 주고쿠 지방과 주부 지방 사이에 위치한 일본의 지역

골목의
사당
안에도
가게가…

점심은 지은 지 80년 된
오래된 집을 개조해서 만든
카페 'Kitchen' 에서
그날의 가정식 런치

'Kitchen' 에서
장미 반지

1,400엔

쇼핑

잡화 가게에서
겨울 신발,
2,900엔!

# 술은 마셔도

2010년 최고의 결심은 역시 '술 줄이기!' 큰 맥주 가게에서 마시는 것을 좋아해요. 하지만 특별히 술에 강한 건 아니라서 500mL 3잔 정도면 점점 취해요. 울거나 때리면서 사람들에게(그렇게까지) 폐를 끼치는 건 아니지만, 여하튼 다음날이 괴로워요. 대개의 것들을 기억하니까 '그런 말을 해버렸네', '꼴불견이었어⋯⋯' 등 하루의 대부분을 혼자 반성하며 중얼거리고 마는 겁니다. 대체 스무 살부터 얼마나 많은 시간을 헛되이 보낸 걸까요. 연말에 몇 번째인가의 반성회에서 드디어 진심으로 맹세했습니다. 술을 마시는 자리에서는 '철저하게 마셔야 한다'라고, 모순적인 사명감이네요. 맥주와 평생 사이좋게 지내도록 힘껏 노력할 생각입니다.

스파클링 와인과 맥주
톡톡 터지는 것이 좋아요.

2009년 무용담 ✳

그와 나는~ ♪

이 아버지의 딸이니까...

멍멍

애완견의 다리를 물고

술에 취해 돌아오면

고롭힙니다.

전봇대와 싸우고 얼굴에서 피를 흘리며 돌아온 적도

'동기의 사쿠라'를 열창하면서 나카메구로를 산책

두 번째 잔을 마신다면 소프트드링크

술을 마신 후에는 항상 물이나 음료수를 마셔서 내 앞에는 여러 잔의 컵이

술이 즐거워!

진저에일

생맥주

뜨거운 우롱차

# 주의 1초

해가 바뀌어도 멍하게 있거나, 물건을 자주 잃어버리고 있습니다.
우선 1월 3일에 지갑을 잃어버려서 철렁, 점심을 먹은 라면 가게
에 무사히 있었지만요. 그리고 3일 후 아주 좋아하는 장갑을 지하
철에서 분실. 그리고 두 번 있었던 일은 세 번째도 있습니다. 취재
로 시즈오카로 향하던 신칸센. 후지 산이 예쁘네, 하며 휴대전화
로 사진을 찍어서 느긋하게 친구에게 보냈습니다. 시즈오카에 도
착해서 개찰구를 빠져나와 기다리고 있던 상대에게 전화해야지
하고 생각했죠. '휴대전화가 없어!' 크게 당황하여 역무원에게 말
하자 '2분 후에 출발이에요!' 그렇게 힘껏 질주해본 것은 중학생
이래 처음이었습니다. 도깨비 형상을 하고 좌석으로 뛰어들었는
데, 있었어요~! 지각을 각오하고 다음 역인 가게가와까지 갈 마
음의 준비를 했습니다만 문이 닫히기 직전에 내릴 수 있었습니
다. 정말로 간발의 차이. 세 가지 모두 정말로 2주일 동안 일어난
일입니다. 아아 정신을 똑바로 차리지 않으면 안 돼요.

잃어버린 후에야
비로소 둘도 없이
소중하다는 걸
깨달았습니다.
돌아와서 고마워 ♡

헉헉　헉헉

오랜만에 목에서 피 맛이 느껴졌습니다.

정차 시간이 긴 '고다마'라서 다행이었어요!

나의 화려한 휴대전화가 좌석에서 한층 더 빛나 보였습니다.

디자인이 마음에 들지 않아 라인스톤 스티커 등으로 화려하게

여행지에서는 모자를 잃어버렸어요! 작년 피렌체에서 사라진 모자...

친구의 선물이었습니다.
전에도 선물로 받은 스톨을 전차에서 잃어버렸습니다.

# 나의 인형님

히나마츠리의 추억은 거의 없습니다. 아주 어린 시절에 일곱 단 장식을 장식하고 있었다는 것은 막연히 기억하고 있어 언니 인형이라고 생각했는데 최근 엄마 것이었다는 것을 알았습니다. 그러고 보니 묘하게 오래되어서 얼굴이 무서웠어요. 그동안 깊이 생각해 본 적은 그다지 없었지만, 취재로 히나 인형 생산지인 시즈오카를 방문해서 문화를 알고 나니 갑자기 흥미가 생겼습니다. 최근에는 성인 여성이 자신을 위해 사는 경우도 많다고 합니다. 나처럼 '나의 히나 인형'을 갖지 못했기 때문일까요. 나도 작년에 처음으로 자신의 인형을 손에 넣었습니다. 미야기 나루코 목각 인형 장인이 만든 히나 목각 인형. 지금은 앤티크풍부터 소녀풍까지 다양하고 풍부하게 있으니까 나와 어울리는 것을 발견하면 즐겁습니다. 뭐라 해도 인형은 여자의 부적 같은 것이니까요.

이런 색의
추억어린
도구도!

고물상에서 산
에마(소원풀이 액자)일까나?

**히나마츠리** 여자 어린이의 성장을 축하하는
일본의 전통축제, 3월 3일

도구는
하야사카 도시노리 씨의
작품

히나마쓰리*가 서민에게
퍼진 에도 중기는
종이로 만든 인형

인형은 나루코
'가토 목각 인형점'의
재고

나의
공주님 ✿

취재에서 마음에 든 '지로자에몬 인형'
에도 후기에 유행했던
교토의 히나 인형
심플하고 시크

현재는 마주 보고 왼쪽은 단, 오른쪽에 공주와 나란히 있는 것이 대부분
메이지 시대 이래의 서양식이네요.

# 안경을 사러

안경을 쓰기 시작한 초등학교 6학년 이래 계속 안경 쓴 모습에 자신이 없었습니다. 학생 시절에는 수업 시간에만 꼈습니다. 그래서 사람을 잘못 보거나 눈빛이 나빠지거나 이따금 고생했습니다. 지금은 외출할 때는 콘택트렌즈, 집에서는 안경을 끼는 생활. 밖에서 안경을 쓰는 일은 거의 없어서 대범하게 살아왔습니다. 그런데 뜻밖에도 친구의 안경을 걸쳐봤는데 제법 어울렸습니다. 그러나 시력 재는 것이 귀찮아서 계속 뒤로 미뤘습니다. 최근 안경을 새로 맞춘 오빠에게 지금은 눈 깜짝할 새에 시력을 측정해준다는 이야기를 듣고 10년 만에 안경 가게로 발길을 돌렸습니다. 그렇다 치더라도 놀랄 정도로 싼 가격에 샀습니다! 다음에는 용기를 내서 좀 좋은 것을 갖고 싶어졌습니다. 안경 미인을 목표로 하고 싶어요.

다리는 삐뚤어지고 렌즈는 흠투성이

지금까지 쓰던 것을 좋아해서 고쳐서 사용

안경을 잊으면

99

눈꼬리를 늘려서
초점을 맞춥니다.
눈시울을 짚는
사람도 있는 듯…

교정 전 시력은 0.03 정도

'이건 안 어울리네' 라고 단정하지 않는다.
그리고 반드시 전신 거울로 체크.

열심히 써봅니다
(가게 안에서 안경을)

검고 두꺼운 프레임을 선택
할인해서 렌즈까지 4,000엔…!

# 이웃집

8. MARCH

지금 사는 아파트로 이사를 온 지 어느새 5년. 지은 지 40년의 전통적인 분위기에 끌린 듯 장인의 손길을 좋아하는 몇 세대가 살고 있습니다. 처음 1년은 거의 교류가 없었지만, 친구 Y짱이 이웃으로 이사 온 이래 점점 교류가 생겼습니다. 아파트의 4세대와 근처에 사는 친구까지 포함해서 각자 음식을 갖고 오는 식사 모임이 생겼습니다. 조미료를 빌리거나 기분 전환으로 차를 마시거나, 일러스트를 그리기 위한 포즈도 기꺼이 잡아줍니다. 같은 아파트에서 이런 식으로 사이좋게 지내는 것은 처음 있는 일입니다. 쇼와의 단지처럼 서로 친하게 지내는 것이 정말 좋았습니다. 하지만 이번 봄에 2세대가 이사를 하면서 끝나버렸습니다. 당연한 일이지만 정말 '영원'이란 없는 걸까요? 점점 형태를 바꾸어 가니 인생은 재밌는 것이지만요. 조금은 슬픈 봄입니다.

103호 자매는 베이글 가게 ✳
요리도 정말 맛있어요!

항상 미소로
맞이해줌!!

이날의 메인은 월남 쌈
모두 열심히
월남 쌈을 마는 모습이
마치 동네 부녀회 같아요.

양념은 호찌민(남)과 하노이(북) 풍으로
2가지를 비교해서 맛봐요...

칠리소스 베이스

땅콩 맛

수프가 전혀 식지 않는 거리!

가지고기볶음과 구운 미리 1개와 샐러드를 103호에 집합

여름의 에어컨이 없는
국수 모임도
잊을 수 없어요...
달걀지단, 오이, 낫토 등
여러 가지

✳ '포치코로 베이글' 니시오기미나미에 가게를 오픈, P. 124

# 만화 붐

최근 만화에 빠졌습니다.《문화계 여자를 위한 소녀 만화 안내》라는 책의 기고를 계기로 리뷰를 쓰면서 추억의 만화를 부모님 집에 가서 다시 읽고, 책 토크 이벤트에 참가하면서 만화를 향한 열정이 되살아났습니다. 그리운 '친구들과의 거래'와 오랜만에 어른의 쇼핑도 했습니다. 몇 년이나 멀어져 있던 것인데《유리 가면》만은 계속 샀지만). 요전 날 친구 커플이 놀러 왔을 때 각각 만화를 선물로 줬어요. 내가 좋아하는 것 중 두 사람이 마음에 들어 할만한 것으로 1권. 마음이 맞는 친구니까 틀림없을 거야! 둘 다 모두 대만족해서 재밌었다고 합니다. 책과 CD를 주는 건 실패도 부담도 없고 만화 선물 좋잖아요. 1, 2권으로 끝나는 것을 누군가에게 주고 싶어라.

나라면 이것을 줄 거예요.
《강보다 길고 느리게》
(요시다 아키미)

Kanko

Mashimo

《츠바키 일기》
이시노 아야

'BL(보이즈 러브 입문!)'
이라고는 해도
따뜻하고 귀여워요.

《푸른 불꽃》
시마모토 가즈히코

자전적 작품

나의 바이블인
《만화도》
(후지코 F 후지오)를
함께 이야기할 수 있는 친구

만화가가 주인공
열혈 소년
뜨겁다!

시마모토 씨의 《불타는 펜》을
매우 좋아하지만 말할 상대가 없었는데!
알아주었다.

어른의 쇼핑이라는 건
《사랑…처음 깨달았을 때…》
1~8권! 《만화도》의 청춘편

만가 씨의 사랑…

103

## COLUMN 4
# 마음의 책

《만화도》(후지코 F 후지오)가 바이블이라고 말하는 일러스트레이터와 디자이너를 꽤 많이 만날 수 있습니다. 어린 시절 만화가를 목표로 했던 사람이 많기 때문일까요. 료 선생님을 만난 초등학생 시절부터 크게 성공하기까지를 그린 청춘 이야기의 걸작입니다. 처음 읽은 것은 초등학교 고학년. 중학생 때 NHK에서 드라마로 만들었을 때는 도키와장 주변의 에세이를 도서관에서 빌려 읽고, 진심으로 동경했습니다.

직접 사서 읽기 시작한 것은 일러스트레이터로서 데뷔했을 무렵. 도키와장 이전의 다다미 2장짜리 하숙방에서 불타오른 두 사람의 장렬한 창작 활동, 마감에 못 맞출지도…… 하며 눈물이 나올 것 같을 때 머릿속에 갑자기 떠오른 것이 원고를 빠뜨린 사건. 의문의 웃음 소리가 '캬밧캬밧'거리는 후지오 선생님의 독특한 센스도 최고.

그리고 모두의 형 같은 존재인 테라 씨의 격려에 많은 감명을 받았습니다. 아카즈카(후지오) 씨에게 '나라면 이 작품에서 세 가지 만화를 그릴 거야'라고 충고한 말. 그리고 싶은 것이 너무 많아서 결국 화면에 꽉꽉 담아버리고 마는 나는 항상 이 말을 기억하며 주의합니다. 좋아하는 것에 쏟아붓는 정열을 언제까지나 생각나게 해주는 소중한 책입니다.

{SUMMER & AUTUMN}

# 나고야의 아침

토크쇼의 일로 나고야에. 시간이 빡빡했지만, 어떻게 해서라도 가고 싶었던 찻집 방문만은 이루었습니다. 잡지에서 보고 마음에 들었던 '양과자 · 찻집 봉봉.' 1949년 창업한 매우 수수한 찻집입니다. 일요일이라 나고야 명물인 모닝 세트는 없었지만, 샌드위치와 밀크커피로 아침 식사. 손님은 동네의 할아버지들뿐. 수다에 참여하거나, 신문을 읽으면서 각각 일요일 아침을 즐기고 있습니다. 옆에는 양과자 가게가 붙어 있는데, 이게 또 이 가게의 곰 모양 포장이 참을 수 없을 정도로 귀엽습니다. 나와 친구들을 위해서 잔뜩 사 왔습니다. 그곳에 간 것만으로도 이번 여행은 대만족!이라고 생각되는 가게는 그렇게 많지 않습니다. 좋은 시간을 보냈습니다.

그리운 맛으로 맛있어요.

* Bon Bon *

멋지다~

앉아서 졸고 있는
할아버지…

밀크 커피에
쁘띠 에클레어가
나옵니다.

덤

돌아오는 고속도로
나들목에서 발견한 한창 중인
'히다 도로의 나그네(지역 특산 과자)'

접시에 세워서 나와요.

종이 냅킨과 성냥에…
낯을 닮았어요.

어째서 너구리?
밀짚모자와 망토가 매우 귀여워요….

Sproule-ol
& Circul
Bon bon

# 산 입문

10. MAY

나의 부모님은 학생 시절부터 등산을 해서 두 사람이 만난 것도 산이었습니다. 그래서 계속 산에 흥미가 있었지만, 좀처럼 기회가 없었습니다. 그러다 최근 등산 붐이 일면서 드디어 입문했습니다! 모 잡지로부터 '첫 등산'이라는 르포를 그려달라는 일을 받았습니다. 첫 등산은 매우 '차분히' 다녀왔습니다. 하코네의 긴도키 산은 산 입구부터 눈앞에 후지 산이 힘차게 솟아 있어 전망이 최고입니다. 삼나무 숲에서 내려쏟아지는 나뭇잎 사이의 햇살, 귀여운 산야초. 점점 산의 세계에 끌려들어 가다 보면 어느새 산 정상을 목표로 하는 기분 좋음. 내려오는 고통 후에는 아주 맛있는 맥주. 뭐라고 말할 수 없는 만족감에 휩싸여 '취미'라고 할 수 있는 것을 찾았는지도!? 그림 이외는 아무것도 계속하지 못하는 나를 신용할 수 없어서 도구를 갖추는 것을 망설였는데……. 빵 하고 할 것인가.

등산화는
필수!!

두 번째 등산은 사이타마 현
한노우 시의 '보우노오레 산'
골짜기를 따라 등산하는 것이
기분 좋았어요!

모두 패션에 신경 써요. ✳

20명이 넘는
사람들이
시끌벅적
올랐습니다.

20대 남자

레깅스가
귀여워요.
개인적으로
주문한
가죽 신발이
빛났어요.

30대 여자

큰 반바지와
컬러풀한
양말이 큐트
신발은 빈티지

모험이다—

다음날부터 이틀 동안
맹렬한 근육통

# 유원지의 휴일

7. JUNE

'도시마엔*'에 다녀왔습니다! 고등학생 시절에 몇 번 수영장에는 갔었지만, 유원지는 중학생 이후 20년 만이었습니다. 말을 꺼낸 P군에게 이끌려 '좀 귀찮은걸'하며 참가했지만, 예상과는 달리 엄청나게 즐거웠습니다. 총 16명이 줄줄이 오후부터 문 닫을 때까지 5시간 동안 오로지 놀이기구만 탔습니다. 플라잉 카페트에 무한 코스터, 긴장감을 느끼며 '기분 좋아-'라며 여유롭게 도전한 것뿐인데도 좋았습니다. 눈도 뜨지 못할 정도로 정말로 무서워했던 남자도 있었지만(남자 쪽이 이런 거에 약한 것 같아요). 나는 어렸을 때부터 거의 변하지 않은 것 같은 쇼와의 노스탤지어에 푹 빠졌습니다. 너무 즐긴 나머지 밤에는 이불 속에서도 머리가 빙빙 도는 것 같은 느낌이 들기도.

110

화장실 표지도
매우 귀여워~

놀이기구 벽화야마도… 엘비스 프레슬리 마도나는 아니에요.

'도시마엔'이라면 '플라잉 파이리츠' 두 번 탔습니다.

흔들 목마 얼룩말일까?

피부가 많이 탔어요!

귀엽지만 여름에는 너무 더운 것 같아요!

P군이 사람 수에 맞춰 미리 자유이용권을 준비해줬어요.

**도시마엔** 1929년에 오픈한 일본 도쿄 도 네리마 구에 있는 놀이공원

# 꿈의 나라로!

지난번에 이어 또 유원지 이야기입니다만, 이번에는 디즈니랜드! 1년 동안 기간 한정으로 돌아오는 마이클 잭슨의 '캡틴 EO'를 보러! 처음 본 것은 고2 때입니다. 짝사랑하던 사람을 초대하여 데이트했습니다. 읽는 방법을 몰라서 '3D'를 '산디'라고 말했던 바보였습니다. 데이트 도중 침묵이 괴로웠습니다. 결국, 그 후 바로 차여버린 괴로운 추억. 이번처럼 여자 4명이 떠들썩하게 간 것은 처음이라 학창시절보다 더 두근두근했을지도. 오랜만에 꿈의 나라를 경험하니 현실로 돌아오는 것이 조금 싫어질 정도였습니다. 나도 완전히 (지쳐서) 어른이 되었을지도. 저녁 6시부터 10시까지의 나이트 패스라 '좀 더 있고 싶어!'라는 아쉬움을 가진 채 끝나는 것도 좋았어요. 또 한 번 더 갈 생각입니다.

가장 중요한 EO는…
댄서들의 '80년대' 헤어스타일에
폭소 & 마이클의 멋짐에 다시 반했어요.

이벤트 때의 약속 **the 코스프레** ✤

이번에는 마이클을 기념해서 테마는 '80년대!'

나는 전체적으로 80년대풍

P H Y S

마돈나 티셔츠

80년대의 마이클 배지

헌 옷을 리메이크한 T셔츠

25년 된 '오사무 굿즈'의 파우치 그림이 섬세해요.

아래는 마이클을 흉내 내서 반짝반짝 빛나는 양말 & 신발

4시간 동안 6개의 놀이기구를 제패! 간식도 먹고요…✤

✤ '캡틴 EO'는 정식 프로그램이 되었습니다.

# 작은 여행

덥고 또 더운 여름이었습니다. 나는 단행본 작업이 막판에 이르러서 그다지 즐기지 못했습니다. 유일한 여름 휴가는 당일치기 키리유 여행. 같은 업계의 친구 6명이 오오가와미술관에 가는 것이 메인이벤트. 전시도 아주 좋았지만, 여행에서 가장 생각나는 것은 '철도.' 우선 기리유까지 도부선에서 건설 중인 스카이 트리의 바로 옆을 지나가느라 대소동이었습니다. 그리고 기리유뷰터 나오는 '와타라세 계곡 철도.' 사실은 상당히 전차를 좋아해서 매우 즐거웠습니다. 전차는 민가의 바로 옆을 통과해 숨이 막힐 것 같은 숲 속으로. 단선만의 좁은 선로가 바로 숲의 터널을 달려서 빠져나가는 느낌. 도중에 내려서 계곡을 내려다보며 인도를 따라 걷다보니 역에 붙어 있는 온천으로 들어가요. 시간이 안 맞아 안까지는 들어가지 못했지만, 여름의 여행을 만끽했습니다. 역시 철도는 좋아요.

114

❋ 미즈누마 역
온천 센터 ❋

빈 틈 없는 마크의 간판이 마귀여워요.

## ✳ 다카쓰도쿄(오마마 역) ✳

UFO가 날아올 것 같은 삼각형의 '하네다키 다리'

해 질 녘의 빛나는 빛과 저녁매미 소리와…

초콜릿색의 레트로풍 전차

## ✳ 와타라세 계곡 철도 ✳

차량에는 여러 가지 동물 그림

# 멋쟁이는 즐겁다

신간 《12개월의 옷장》의 주제는 패션입니다. 나는 옷도 쇼핑도 아주 좋아하지만, 특별히 멋쟁이는 아닙니다. 패션에 관한 책을 그린다는 건 5년 전에는 생각도 못 했습니다. 그러던 것이 최근 몇 년은 멋 내는 것이 점점 즐거워졌습니다. 30세 전후에는 '벌써 30이니까……'라며 유난히 나이를 의식했지만, 지금은 완전히 벗어난 것 같습니다. 레이스가 귀여운 블라우스도 오버 롤도 입고 싶으니까 입어요. 책 때문에 다시 봤는데 너무나도 나이를 무시한 옷들에 나 자신도 경악. 그러나 지금 현재의 나를 확실히 파악하고 있으면 '억지로 젊게 입는 것'만큼은 피할 수 있을 거예요(아마도). 멋도 일도 연애도 자신을 '객관적인 시선'으로 바라보는 것이 최대 목표입니다. 그 어느 것도 쉬운 게 없지만, 그것이 또 묘미이기도 합니다.

큼직한 피어스가 아주 좋아요.
9월 생일에 나를 위해 산 것
기치죠지 'musline'

책 속에서도 추천하고 있는 '패션 일기'
같은 코디를 하지 않도록 신경 씁니다.

싼 물건을 사는
'이것을 ○○엔'이라고 하나하나 떠듭니다.

'이걸 ○○엔'는 것이 최고의 기쁨

프리마켓에서 300엔

블라우스
나비자수
친구가 선물해 준

가방은 15년 된 것으로
Herve Chapelier

여름에 산 빈티지 오버롤

아사쿠사에서 산
2,000엔짜리 부츠

9월 21일 그룹 전시

좋아하는 셀렉트숍 'Havane (산구바시)에서 산 것

반짝이는 모양이 귀여운 반바지,
1만 2,810엔

프랑스 부츠 뒤의 끈이 포인트
2만 2,050엔

9월 25일 요코 씨 생일 모임

# 도쿄☆나이트 크루즈

친구가 가자고 해서 처음으로 '하토 버스(비둘기 버스)'를 탔어요! 2층짜리 오픈 버스로 도쿄의 야경을 느끼며 도심을 달리는 투어. 도쿄역에서 황궁~국회의사당, 아카사카, 롯폰기의 네온 거리를 통과해요. 오오, 소문대로 밤의 황궁은 여자 러너가 많이 달리고 있어요. 자주 걸었던 미드타운 근처도 높은 시선으로 보니 전혀 다르게 보여요. 롯폰기 교차점을 지날 때 갑자기 전면에 도쿄 타워가 나타납니다. 바로 아래에서 올려다보며 아주 좋아하는 타워를 만끽하면서 고속으로 달려 오다이바로 향합니다. 엄청난 박력의 레인보우 브리지를 건너 마지막으로 팔레트 타운의 대관람차에 멈춥니다. 나는 이 오다이바~도쿄 타워의 야경이 보고 싶어서 하네다 공항에서 도심까지 자주 버스로 돌아옵니다. 이번에는 여행자의 시선으로 듬뿍 바라볼 수 있어서 더 '우리 동네 도쿄'가 좋아졌습니다.

오다이바의 대관람차도 처음.
스켈톤의 박스도 있어요.
타고 싶어라. 정상은 꽤 무서워요.

롯폰기 거리는 드라마틱한 광경

내가 탄 것은 '대단한 TOKYO 야경' 코스

'오 소라미오'

지붕이 없는 버스를 타고 고속으로 달리는 것이 재밌었어요.

시골의 아버지와 데이트,
여자 두 명이 함께 한여름의 밤 산책,
제 주변에도 꽤 체험자가 있었습니다. 추천!

# 맺으며

〈시티리빙〉의 연재 칼럼을 묶은 세 번째 책.

제목에 '딴짓'이라고 붙인 것은

이 3년이 꽤 고민이 많은 날이었기 때문입니다.

의연하게 마음을 다잡는 편이 아니라서 힘든 몇 년이었지만

매우 귀중한

어떤 일과도 바꾸기 어려운 딴짓이었다고 생각합니다.

어느덧 나이가 드니까

'자신을 변화시키지 않으면 안 돼'라고 계속 생각하면서도

아무것도 할 수 없었어요.

'이대로 살 수밖에 없잖아, 이대로 괜찮아'

라고 생각하기까지 몇 년이나 걸렸습니다.

하지만 순조로울 때는

자신을 되돌아보는 일 따위는 안 하죠.

꼴 보기 싫은 자신과 마주 보는 때야말로

많은 생각을 할 수 있다고 생각하면

끙끙대는 나날도 쓸모없는 건 아니었어요.

지금은 확실히 즐겁게

딴짓을 즐기고 있습니다.

# {SHOP LIST}

**P114** >> 오가와미술관 >>> 군마현 기류시 고조네마치 3-69
大川美術館
0277-46-3300
10:00~17:00(입장은 16:30까지)
월요일 휴무(월요일이 공휴일일 때는 화요일 휴무)
12월 28일~1월 3일 휴무
okawamuseum.jp

---

**P114** >> 와타라세 계곡 철도 >>> 0277-73-2110
わたらせ渓谷鉄道
www.watetsu.com

---

**P114** >> 미즈누마 역 >>> 군마현 기류시 구로호네쵸 미즈누마 120-1
온천 센터
0277-96-2500
水沼駅温泉センター
11:00~20:00(입욕 시간)

---

**P116** >> Musline >>> 도쿄도 기치조지 혼마치 4-14-15 스완 하이츠 1F
0422-20-6292
12:00~19:00(화요일 휴무, 임시 휴일 있음)
www.brown-plus.com

---

**P117** >> Havane >>> 도쿄도 시부야구 요요기 3-37-2 1F
03-3375-3130
11:00~20:00(화요일 휴무, 임시 휴일 있음)
havanejp.com

---

**P118** >> 하토버스 >>> 03-3761-1100
はとバス
8:00~20:00(예약 센터, 연중무휴)
www.hatobus.com

---

◇ 기본적으로 상호, 주소, 전화번호, 영업시간, 홈페이지 순으로 정리하였습니다.
◇ ( ) 안은 정기휴일
◇ 본문 속 가격 등의 표시는 모두 2008~2010년 당시의 것입니다.

이 책은 시티리빙 연재 〈심심한 다이어리〉
2008년 6월 27일 분부터 2010년 11월 19일분까지를 모아서 가필한 것입니다.
본문 중의 가격 등의 상품 정보, 사실 관계 등은 연재 당시의 것입니다.
변경된 경우도 있습니다.

# 딴짓하기 좋은 날

2015년 11월 20일 초판 1쇄 인쇄
2015년 11월 30일 초판 1쇄 발행

지은이 스기우라 사야카
옮긴이 문희언

펴낸이 정상석
기획·편집 문희언
디자인 여만엽
브랜드 haru(하루)
펴낸 곳 터닝포인트(www.turningpoint.co.kr)
등록번호 2005. 2. 17 제6−738호
주소 (121−868) 서울시 마포구 동교로27길 53 지남빌딩 308호
전화 (02) 332−7646
팩스 (02) 3142−7646
ISBN 978−89−94158−82−2 03830
정가 10,000원

haru(하루)는 터닝포인트의 인문·교양·에세이 임프린트입니다.

이 도서의 국립중앙도서관 출판예정도서목록(CIP)은 서지정보유통지원시스템 홈페이지(http://seoji.
nl.go.kr)와 국가자료공동목록시스템(http://www.nl.go.kr/kolisnet)에서 이용하실 수 있습니다.
(CIP제어번호: CIP2015031013)